话匣子鸭大嘴

〔韩〕黄善爱 / 著
〔韩〕酱 油 / 绘
杨梦黎 / 译

GUANGXI NORMAL UNIVERSITY PRESS
广西师范大学出版社
·桂林·

This book is published with the support of the Literature Translation Institute of Korea (LTI Korea).
本书在韩国文学翻译研究所（LTI Korea）的支持下出版。

话匣子鸭大嘴
Huaxiazi Yadazui

出版统筹：伍丽云　　责任营销：廖艳莎
质量总监：孙才真　　责任美编：潘丽芬
责任编辑：方　婧　　责任技编：马其键
策划编辑：方　婧

图书在版编目（CIP）数据

话匣子鸭大嘴／（韩）黄善爱著；（韩）酱油绘；杨梦黎译. —— 桂林：广西师范大学出版社，2024.3
（魔法象. 故事森林）
ISBN 978-7-5598-6550-2

I. ①话… II. ①黄… ②酱… ③杨… III. ①儿童故事－图画故事－韩国－现代 IV. ①I312.685

中国国家版本馆 CIP 数据核字（2023）第 217227 号

广西师范大学出版社出版发行
（广西桂林市五里店路 9 号　邮政编码：541004
网址：http://www.bbtpress.com）
出版人：黄轩庄
全国新华书店经销
北京盛通印刷股份有限公司印刷
（北京经济技术开发区经海三路 18 号　邮政编码：100176）
开本：880 mm × 1 240 mm　1/32
印张：3　　字数：32 千
2024 年 3 月第 1 版　　2024 年 3 月第 1 次印刷
定价：32. 80 元

话匣子
鸭大嘴

飘
飘

目录

出“大事”了 1
鸭大嘴 17
围裙大厨 28
胆小鬼猎人 51
小瓢虫 59
鸭大嘴的“事故” 76
作家有“话”说 85

出“大事”了

鸭大嘴很爱说话，嘴一张就没完没了。

鸭妈妈总是说：“就算你掉到水里，嘴巴也会漂上来。”

他那张大嘴呀，把不牢、靠不住，实在是“飘”（漂）得很。

鸭大嘴除了睡觉，一直说个不停，什么都说——自己的事、家人的事、朋友的事，有闲逛时瞧见的，也有道听途说来的。

然后呢……
我早就说会这样的嘛……
嘟嘟囔囔……
呼噜
呼噜
呼噜
叽里呱啦
这可是秘密，
千万不要传出去，
知道了吗？
嘻嘻嘻
说的是猎人吧？
好好笑。
得赶紧告诉大家才行啊。
嘿嘿！

要是有话没说完，哪怕是到了梦里，鸭大嘴也要说下去。

鸭大嘴想说的话，可太多太多了。只要能到处转转，找人聊聊天，他就会觉得精神抖擞，浑身有使不完的劲儿。——咦？为什么我们没提“鸭子”，一直说“鸭大嘴”呢？最开始，他也是一只普普通通的鸭子哟……

那一天，猎人紧紧追在鸭子后头，大喊：“该死的鸭子，给我站住！”

鸭子到处跟人嚼舌根，说猎人是个光拿枪吓唬人的草包。不过，这话说得也有理，猎人的枪从没打中过半只猎物。

不过现在鸭子只得夹着尾巴四处逃命。他本想拍拍翅膀飞起来，再一想就放弃了这个念头——天上没有可躲的地方；再说了，不走运的话，还会被猎人射偏的子弹打中。

鸭子躲躲跑跑，从这个树丛冲进另一丛，再奔向下一丛。不知道逃了多远，鸭子越来越没力气，实在跑不动了。

刚才还离得老远的猎人越靠越近了。

“再这样下去，我会被那草包猎人给逮住的。大事不妙，要出大事啦！”

果真，出大事了。鸭子觉得身体越来越重，怎么都使不上劲儿。他只能干着急，原地咚咚直跺脚。

就在这个时候，还出了件更离奇的大事：鸭子的身体还留在原地小跑着，那张大嘴却嗖一下飞出了老远。

妈妈的话太对了，他的嘴太“飘”了。看，这不就“飘”出去了嘛。大嘴丢下身体，远远地逃到大树后面，藏了起来。

“哎呀，现在我的身体要完蛋了，肯定会被猎人抓去煲汤的。”

大嘴非常非常难过，可转念一想就松了口气，至少这张大嘴死里逃生。

没多大会儿，猎人追上了鸭子。大嘴不忍心看到身体被抓走，紧紧闭上了眼。

猎人却出乎意料地说：“唉！大嘴不见了。给我等着吧，鸭大嘴！”

猎人打枪，把把都打偏，现在连到手的鸭子也放了，他该不会忘了自己是个猎人吧？

看着气呼呼、转身走掉的猎人，鸭子很纳闷：“为什么他非要抓我的大嘴呢？”

鸭子思来想去，灵光一闪，答案真简

单——肯定因为“话”都装在大嘴里。别看大嘴就这么大，但里面的“话”数都数不清呢。

“大家都夸我那张大嘴里说出的话特别有意思，猎人肯定眼红了吧。”鸭子点了点头，自言自语着。

从那以后，每次出门，鸭子就只让那大嘴出去。在他看来，世上趣事那么多，有大嘴就能跟人说。

这天鸭大嘴又到森林里玩耍。

小伙伴们围成一圈，好像讨论着什么要紧事。连鸭大嘴到了跟前，都没人发现。

“真的吗？真的是小老鼠干的？”

松鼠的眼睛瞪得大大的。

“嗯。我就去了趟厕所，回来瞧见小老鼠正看着我的画发呆。一看我来了，他就嗖地钻到地洞里去了。”兔子手上拿着撕坏的画纸，哽咽着说。纸上画着森林里的小伙伴们。

“天哪。他把画撕掉逃跑了？”远处枝头上的山雀扑扇着翅膀飞过来，大声嚷嚷。

“一开始，我就对他印象不太好，我的眼光向来都很准。那家伙果然是这样，我早就看穿他了。”黄鼠狼双手交叉，抱在胸前，一脸不屑地说。

林中村

他清了清嗓子，接着说："他那双小眼珠总是滴溜溜地转，装无辜，装好人，真的太讨人厌了。我看呀，他就是故意搞破坏的。如果没有兔子的话，他的画不就能挂在村口了？估计现在他正幸灾乐祸呢。唉，兔子你真可怜。"

黄鼠狼挥着长长的尾巴，用尾巴尖轻轻拍着兔子的肩膀，安慰着他。

大家打算在村口挂幅宣传画，于是找了

兔子来画。兔子才学画画没多久，但在村子里是最厉害的。黄鼠狼和小老鼠画得也不错，不过和兔子比起来，还是有一定的差距。

“对，没错！准是小老鼠干的。大家选了我，他妒忌我就来捣乱！”兔子气得直跺脚，大声说道。

“大坏蛋！”

黄鼠狼的尾巴狠狠拍在地上。

这一拍，停在尾巴尖的小瓢虫被震上了天，尘土也纷纷扬了起来。

鸭大嘴张大了嘴巴，听得津津有味。难得听到这么有意思的事，他当然不能错过。

“现在我可不跟小老鼠做朋友了。”

“以后再也不带他一起玩了。”

“对，得好好教训一下那家伙才行。”

大家七嘴八舌地说着。

小老鼠的头从地洞口探出来。

大家看到了，齐刷刷地翻起了白眼。

“哼！”

“呸！”

“喊！”

大家都愤愤不平，然后各自回了家。

小老鼠看着空荡荡的草地，伸手挠了挠脑袋，那小眼珠滴溜溜地转着。鸭大嘴不由得想起刚才黄鼠狼的话，说得没错，小老鼠总是一副故作天真的样子，让人怪不舒服的。

“你为什么要那样做？”鸭大嘴走到小老鼠面前，质问道。

“什么意思呀？对了，怎么只有嘴巴出来啊？”小老鼠没有直接回答。

“听说你撕了兔子的画？”

“不是我。”

小老鼠的眼珠又开始转起来。

鸭大嘴想，这双眼睛可真会装无辜骗人——黄鼠狼的眼光真准，不愧是“火眼金睛”。

鸭大嘴斜眼瞪着小老鼠。

“我说了，不是我干的。”小老鼠怯声怯气地说着。

这可真把鸭大嘴气急了。他最看不惯的，

就是犯了错还死赖着不承认。小老鼠简直跟他家的鸭小弟一个样。小弟弟总把黑锅扣到哥哥姐姐头上。尤其妈妈在场的时候，他还会撒娇耍赖。

“喂！别撒谎了，行吗？”

听鸭大嘴这么说，小老鼠抿紧了嘴唇，满脸沮丧，钻回了他的地洞里。

小老鼠刚走开，鸭大嘴的心像着了火一样。他感到嘴皮子直痒痒，恨不得立马把刚才的事告诉所有人。一方面，是因为小老鼠太令人讨厌了；另一方面，他觉得最快乐的事情就是把新鲜事传开去。

鸭大嘴吹着口哨，往森林深处走去。

备餐中
饭勺！
你去哪儿啊？
呼哧

鸭大嘴

“呼哧——呼哧——。”

鸭大嘴一路狂奔着。

他慌慌张张地跑啊跑啊，时不时回头瞧上一眼。今天，又有人追着他跑。不知道怎么的，最近有这么多人要抓他。

跑了好久，鸭大嘴躲到了一棵大树后。

“哎哟，好累啊，好累。”

鸭大嘴跑得气喘吁吁，好不容易才缓过来。

“出什么事了？”

大嘴猛地抬头，循着话音的方向看去。

“是山雀啊。瞧见了吗？有人要抓我。”

“谁？”

“围裙奶奶。”

大家都把在湖边开餐厅的奶奶叫作“围裙奶奶”。因为她总是围着围裙，连到森林里散步也不解开。

“她为什么要抓你啊？”山雀问道。

这下，鸭大嘴可来了兴致，毕竟他最爱的就是说话。

“事情是这样的。我刚才去湖边玩，其实，就想看看那里有没有谁可以跟我聊聊天，嘿嘿。”

“然后呢？”

山雀双眼发光，飞到了鸭大嘴面前。

鸭大嘴看到山雀这副好奇的样子，说得更加起劲儿了。

“然后就闻到了浓浓的饭香。不知道是不是说太多话了，我突然觉得好饿。”

“肯定是从围裙奶奶店里飘来的吧？”

“那可不？我悄悄溜进餐厅厨房，在电饭锅旁安安静静坐下，想着一会儿捡些掉下来的饭粒吃。”

鸭大嘴继续说：“过了一会儿，锅里冒出了白白的蒸汽。那滋滋声呀，听得我手舞足蹈。想着白花花、亮晶晶的饭粒，我口水都要流出来啦。”

听到这里，山雀也不自觉地咂了咂嘴巴，催着鸭大嘴赶紧往下说。

鸭大嘴继续讲啊讲啊——

不知不觉，饭就煮好了。

洗着菜的奶奶用围裙擦了擦手上的水，走了过来，嘴里念叨着：“让我看看这饭香不香……”

她掀开了锅盖，左瞧瞧，右看看，在找着什么。

“饭勺去哪儿了呢？”

原来她在找舀饭的饭勺。

鸭大嘴扑哧笑出声来。他想到妈妈也老爱忘事儿。前几天，她就边惊呼“哎呀，我们家老幺怎么不见了？”边给老幺塞零食。

奶奶将整个厨房扫视了一遍，突然发现了在电饭锅旁的鸭大嘴。

“远在天边，近在眼前。原来就在这里。”

一开始，鸭大嘴完全没想到这是对自己说的话，所以根本没想过要逃。

突然，围裙奶奶一把抓住了鸭大嘴。

“嘎嘎！”

鸭大嘴惊叫着。奶奶用另一只没拿饭勺的手掏了掏耳朵。

“看来他们又在抓鸭子了。”奶奶说着，望向窗外隔壁村鸭汤店的方向。

趁着奶奶分神，鸭大嘴看准时机，飞快地从她手里挣脱跑掉了。

围裙奶奶跟着往外头追去，嘴里不停喊着：“饭勺，你去哪儿啊？”

说完了来龙去脉，鸭大嘴问山雀：“真无语，是不是？怎么能错把我这张嘴巴看成饭勺呢？嘴巴又没有‘把柄’。”

山雀歪着脑袋，仔细地打量着鸭大嘴，说：“瞧你长得扁扁的，是挺像饭勺的。”

“你说什么？”鸭大嘴怒气冲冲。

山雀被吓了一跳，赶紧扑腾扑腾飞上树。

“开个玩笑嘛，玩笑而已。”

“玩笑是这么开的吗？你不知道这话多伤我的心啊！我才不是那种浑身沾满饭粒的大老粗呢。一想到我这张大嘴一头扎进热浪滚滚的米饭里——哎哟，可怕极了。”

鸭大嘴被自己的想象吓得一激灵。这时，远处有人气喘吁吁跑向这边。鸭大嘴惊得张大了嘴：“啊啊啊，那不是围裙奶奶吗？！”

“看来她还在找你呀。”山雀拍着翅膀，在一旁咋咋呼呼的。

“不行啊，看来得躲到别的地方才行。”

鸭大嘴慌慌张张地四处望，看到了挂在树枝上的气球。不久前，有几个小孩来森林里玩。这气球就是他们不小心弄飞，挂在树枝上的。

“山雀，能帮我把那气球取下来吗？”

“气球？你要干吗？”

“我打算乘着它飞上天，去更高的地方，让我的话传得更远。”

山雀听完大嘴的话，立马衔来了气球。

“今天的风挺大的，正适合乘气球上天咧。嘻嘻。”

说完，鸭大嘴一口咬住了气球绳。

飘呀
飘呀

围裙大厨

围裙奶奶是成天围着围裙的大厨。

她年轻的时候就开了一家远近闻名的餐厅，是个响当当的大名人。

餐厅的东西好吃得出了名，还上了报纸和电视呢。围裙大厨又要做菜，又要开发新菜品，还要上电视，日子过得非常忙碌。

大酱
辣椒酱
米
咻呜呜—
咔嚓
咔嚓

人气爆棚！
围裙大厨
我就施了些“魔法”哟！
今天，我们将报道一位当红名厨——围裙大厨！
让人着魔的美味！
美味日报
年度美食名店
围裙大厨餐厅
她做的饭菜美味无比，每天店里都座无虚席。
如果您需要猎人，请联系我。
求职广告
000-0000
招募村口宣传画的画手
欢迎大家积极报名。
听说她在菜里加了奇怪的东西呢。
什么？！
咕哝
咕哝

不过呢，餐厅就算名气再大，也有可能在一夜之间关门倒闭。

有个骇人听闻的谣言传开来了。

事情起因，只是这么一句玩笑话：

“怎么能这么好吃！你是不是偷偷撒了什么魔药啊？”

“魔药？哈哈哈，您是怎么知道的？确实施了些‘魔法’哟。”围裙大厨笑眯眯地回应。客人如此称赞她的厨艺，她十分感激。

但是，这话传着传着，就变了味儿。

玩笑变成了谣言，越传越没谱，不但传进来吃饭的顾客的耳朵里，还像长了翅膀一样四处流传开去。

传到后来，围裙大厨就成了一个往菜里放有害添加剂的坏人。人们都说，她做的菜不但有害健康，还会让人上瘾。再后来，她又上了新闻头条。不过，这回她的名字旁配的报道是恶狠狠的批评。

“不是的，不是那样的！”

围裙大厨感到很委屈。

她哭了很多次，哭了很久很久。但是大家的话却越来越伤人。

“哎哟喂，看看她这副做贼心虚的样子。”

“她有什么好哭的啊？”

“装装样子，装可怜呗。”

“没错，要是她没有一点儿的心虚的话，怎么会哭呢？现在后悔已经来不及啰。”

大家你一言我一语地说着各种伤人的话。

现在围裙大厨连落滴泪都惹来非议。于是，她就不再哭了。可人们见她不哭了，也会议论纷纷。

“她这是半点儿都没有反省的意思啊。”

“真是太坏了。”

时间慢慢流逝……

曾对着围裙大厨指指点点、骂骂咧咧的人们渐渐把这件事忘得一干二净，流言蜚语也渐渐平息下来。

然而围裙大厨却无法释怀。到后来，她也开始怀疑自己是不是真放了有害的添加剂。

日子一天天一月月地过去，也不知道她失魂落魄地过了多久。

这一天，围裙大厨跟往常一样呆坐着，望着乱糟糟的厨房。

“喂，大厨！”

她缓缓转头，朝着声音传来的方向望去。她觉着有人叫自己，但又怀疑自己是在做梦。

“这里，看这里！”

原来是饭勺在说话。

饭勺正在努力摇晃着，他的身上沾满了已经微微发黄、硬得发亮的饭粒。

"唉，现在都开始有幻觉了。"

"什么幻觉？！你到底打算把我晾到什么时候啊？"饭勺愤愤地大声喊道。

大厨揉了揉眼睛，缓缓走到饭勺旁边。

为了让大厨看到自己，饭勺又晃了晃。

"我受够了，全身痒得不行了。赶紧给我把这些米粒弄掉吧！真是的，我堂堂一把饭勺，现在邋遢得都没脸见人了！"饭勺生气地抱怨着。

大厨也开始觉得身上发痒，她已经记不清自己是什么时候洗的澡了。

围裙大厨用力地挠了挠自己的脖子，突然醒悟过来："我之前只知道，谣言害得我的餐厅关了门。原来不只这样，连我的心门也给紧紧关上了。"

大厨沉思了许久，走向洗碗台，接了满

满一盆水，把饭勺放进去，嘴里喃喃着：“好了，该关心关心自己的身体和心灵了。”

“嘿嘿嘿，真爽啊。”

饭勺可不顾上大厨在说什么、想什么。这会儿，他一脸的满足，自顾自地说：“那些锅碗瓢盆老在那儿叽叽歪歪，说我邋里邋遢，哪有饭勺的样子，连破烂都比我干净。哼，管他们怎么说，我还是我，厨房可少不了我！——大厨啊，来做锅热腾腾的米饭吧。让我扎进饭里，尽情地闻闻久违的饭香吧！”

“说起来还真是，我太久没做饭了。”

围裙大厨打起精神，仔仔细细地淘了米，小心翼翼地放进锅里。

饭勺看着大厨，轻声安慰道：“您没做过那些坏事，我是知道的。您受了那么多委屈，就别再委屈自己了，好吗？”

大厨的泪水涌上来，模糊了她的视线。

她把手伸入水里，低下头，一粒一粒地摘下饭勺上粘着的米。她的眼泪掉到了洗碗台上，混进了水里。饭勺装作什么都没看见。

接着，大厨在浴缸里舒舒服服地泡了个热水澡。然后，她拿起饭勺，盛了一碗热饭，大口大口地吃起来。

这一刻，她终于恢复了精气神。

在那以后，围裙大厨上哪儿都带着饭勺，他们一起去了很多地方，做了很多大餐。

几年前，大厨来到湖边，开了家餐厅。

现在的她已经成了两眼昏花的老奶奶，但是她做的饭依然美味得令人叫绝。

这一天，围裙奶奶忙着做开门的准备。

她打算给猎人做道特别的汤。猎人是这里的常客，每天都来吃午饭。

当时，奶奶正在洗菜，米饭煮好了。

奶奶打开电饭锅的盖子，正打算舀饭的时候，却找不着饭勺了。她探头望向四周，

突然发现她要找的“饭勺”就在锅边。她笑了笑，心想，还真是“远在天边，近在眼前”。

但趁她不注意，“饭勺”突然溜走了。

“饭勺，你去哪儿啊？”奶奶大声叫道。

“饭勺”装作没听见，一直往前跑。无奈之余，奶奶只得在后面跟着跑。

刚才明明快要追上的“饭勺”，一下子就不见了。奶奶四处寻找，却连影子都没见到。

奶奶找了很久，突然听到远处传来嘀嘀咕咕的声音。她急忙循声而去，但还是没找到“饭勺”。

“奇怪了，刚刚明明听到饭勺叽里咕噜的说话声来着……”

围裙奶奶的确有了老花眼，但是她的耳朵却异常灵敏，连苍蝇搓腿的轻响都能听得一清二楚。现在，她还练就了一个本领：对于那些无中生有、胡说八道的话，她的耳朵可以自动屏蔽掉。

奶奶无奈地挠了挠脸，再次向四周望去。这时，小老鼠从大树底端的树洞里悄悄探出头来。

“小家伙，你有没有看到一把饭勺啊？”围裙奶奶来到小老鼠面前，蹲下来问道。

小老鼠轻轻摇了摇头。

“那是一把会走路的饭勺，用得太久了，边边角角都磨平了，还有点儿发黄，看起来就像鸭子嘴巴一样。”

小老鼠用那双豆粒儿一样的眼睛直直地盯着奶奶，犹豫了一小会儿，还是摇了摇头。

“眼睛直勾勾地看我，嘴巴却闭得紧紧的，看起来你是知道些什么吧。虽然你摇了头，可你的心思却逃不过我的眼睛，哈哈哈。”

奶奶抬起手，轻轻摸了摸小老鼠的头。

“这……我觉得那东西不是饭勺，我好像知道您正在找的是什么。”

“能不能跟我说一说呢？”

“我还不太敢确定……”小老鼠吞吞吐吐地说着。

刚才，他在树洞里听到了鸭大嘴和山雀的对话。但是耳听为虚，他也不敢百分之百确定。

听了小老鼠的话，奶奶点了点头，说：“做得对，做得对。不确定的事情，确实没必要跟我说，所以你也不用觉得对不住我。”

奶奶轻轻拍了拍小老鼠的背。

愁眉紧锁的小老鼠这才放下心来，脸上露出了灿烂的笑容。围裙奶奶看了看他，接着说：“没凭没据的话，就像一啸而过的风。”

“风？”

“是的，风。我经历过一阵‘暴风’。谁都没看清它真实的模样，可就有人捕风捉影，添油加醋，煽风点火。是不是很可笑？”

小老鼠歪着小脑袋，一脸迷茫——这话对他来说太深奥了。

围裙奶奶望着远处的湖水，然后又开口说：“也许谁都会遇到这种谣言的风。有的像阵阵台风，呼啸肆虐；有的只是丝丝微风，轻轻掠过心海，荡起微微的涟漪。”

“那……如果风来了，怎么做才好呢？”小老鼠小心翼翼地问道，小小的眼睛边上隐隐泛着泪光。

围裙奶奶静静地低头，看着小老鼠，眼里是满满的温柔。

“嗯，如果风吹到你那里的话，那你就停下脚步，在原地缓一缓，等到风平浪静。你也可以吃口热乎乎的饭，暖暖胃，也暖暖心。风言风语的‘风’不会停在原地，它终会吹走，到更远的地方去。就随它去吧。”

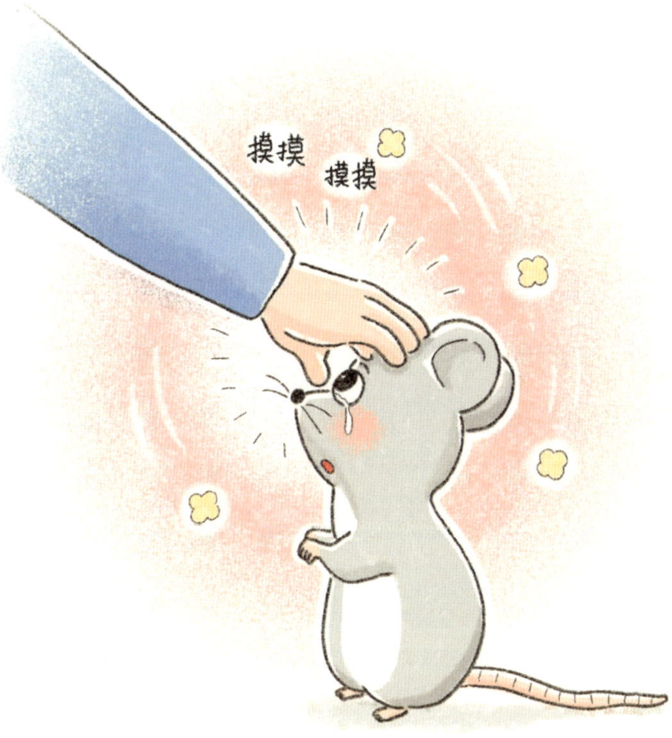

围裙奶奶用大拇指尖温柔地擦了擦小老鼠湿润的眼角，说道：“风说刮就刮，拦是拦不住的。你要记住：错的不是你，是那阵风言风语的风。”

围裙奶奶缓缓地眨了眨眼。小老鼠从她的目光中得到了莫大的安慰，心情渐渐平静下来。

“错的不是我。”小老鼠轻声重复着奶奶的话。

过了一会儿，他又重复了一遍：“错的不是我。”

围裙奶奶看着小老鼠，轻轻地点了点头。

“喂，围裙奶奶！”

不知从哪里传来饭勺的声音。

围裙奶奶瞪大了双眼，四处张望，寻找是哪里传出的声音。

噌噌噌，小老鼠爬上围裙奶奶的衣角，钻进围裙的口袋里，过了一会儿，探出身子，嘴里衔着饭勺。

“真是的，把我放到口袋里，却忘得一干二净。怎么能这样嘛！不过，多亏你忘了，我在口袋里美美地睡了一觉。”

“哎呀，对哦。你看我这记性！”

看着打哈欠的饭勺，围裙奶奶才想起来，早上舀饭时突然接到一个电话，就顺手把饭勺放到了围裙口袋里。

“完全忘了。对不起，对不起。”

“没什么，用不着道歉。对了，快到猎人吃饭的时间了吧，咱们得抓紧准备吧？”

“哎呀呀，都到这个时候了。对对对，那咱们得赶紧回去了。”

围裙奶奶挥着那只拿着饭勺的手，对小老鼠说道：“谢谢你，小老鼠！多亏了你，我才能这么快就找到饭勺。”

小老鼠也抬起小手，朝着围裙奶奶使劲挥舞起来。

唰唰
唰唰

胆小鬼猎人

猎人从餐厅里走出来，拍了拍自己的肚子，还打了个饱嗝。

“肚子好撑。嗝——”

猎人可喜欢围裙奶奶的餐厅了。他在那里吃了饭，感觉全身都暖洋洋

的，心里也暖融融的，就像有块甜丝丝的棉花糖在嘴里慢慢融化开来。

“隔壁村鸭汤店的老爷爷总是嘀嘀咕咕地说‘那个神奇的老奶奶肯定对饭菜施了魔法’。说来也有道理，味道真的绝了！哈哈哈！”猎人用牙签剔着牙缝，说着大笑起来。

笑声惊醒了树枝上打着盹儿的山雀。

山雀睁开惺忪的睡眼，看了一圈，瞧见了猎人，就赶紧叫住了他，刚刚他在迷迷糊糊间听到的话一直萦绕在耳边。

“等等，等一等！您刚刚说了什么？围裙奶奶对饭菜做什么了？”山雀正大声说着，突然顿了一顿——他看到猎人肩上的枪。

不过，他猜到不会有什么危险。全世界都知道，猎人是草包一个，枪不离身，却光说不练；还是胆小鬼，全世界没人比他懦弱。

果不其然，猎人看到山雀，脖子一缩，惊呼：“哎呀，吓我一跳！”

“大伙儿说的一点儿都没错啊。胆子这么小，干吗要当猎人？”山雀这么想着，差点儿笑出声来，不过还是拼命忍住了。他装作若无其事，又问猎人：“您刚刚说什么来着？我听到您说围裙奶奶偷偷做了些什么。”

“哪有的事。就饭太好吃了，开开玩笑。”

“玩笑？唉，还以为有什么大新闻呢。”

山雀觉得没意思，用力拍了

一下翅膀，又打起盹儿来。

猎人见状耸了耸肩，抬头望向天空，发现了湖上边高高飘着的气球。

“那是什么？哇，原来是气球，好久都没见到气球了。”

猎人静静地望了一会儿，突然感觉手指头有点儿痒痒的。

“很久没练射击了，要不试试手？”

他想，打不中飞来飞去的鸟儿，那大大的气球总没问题吧。虽然现在刮着风，但猎人信心满满。

“不信我能行？我可是顶呱呱的猎人！”

猎人双手往腰间一叉，一副胜券在握的样子。他取下肩上的枪，用手托住，聚精会神地瞄准气球，接着麻利地扣动了扳机。

砰！

“哇哈哈哈，打中了，我打中啦！”猎人欢呼着。

山雀又一次被惊醒了。

“妈呀！是真的枪声呀。”

山雀吓得脸色发白，迅速飞进了森林里。

砰！

我是小瓢虫

小瓢虫

我是小瓢虫，小呀小瓢虫♫

身披彩色小铠甲

溜溜圆，还有花点点

小瓢虫呀小瓢虫♫♪

瓢虫哼着小曲。没有什么事情比在这样的好日子里哼歌更快乐的了。

“真好听啊。”猎人看着一边飞舞一边歌唱的瓢虫，说道。现在，他正坐在林间的树桩上擦着枪。刚才他打中了气球，此刻瓢虫的歌声就像是给他的奖励。

“您好，猎人叔叔。”瓢虫发现了猎人，恭敬地鞠躬问好。“胆小鬼”三个字差点儿脱口而出，还好他及时吞进了肚子里。

“小家伙，心情看起来很好嘛。我的心情，也跟你一样好哟，哈哈哈。”

“没错，我的心情棒极了。”

“为什么呢？说说呗。”猎人笑眯眯的。

瓢虫立刻回答道：“因为我终于从鸭大嘴的口中逃出来了。嘻嘻嘻。”

“鸭大嘴？”

“是的，鸭大嘴。您也认识鸭大嘴吗？”

“当然认识。”猎人皱眉说道。

他正想好好教训鸭大嘴一顿。再说，森林里“大名鼎鼎”的话匣子鸭大嘴，谁人不知，谁人不晓呢？

叽叽
喳喳
嘟嘟
囔囔
让我出去!
吵吵
闹闹

“我啊，一直被困在黑乎乎的大嘴里。”

“真可怜哪。”

猎人放下手里擦着的枪，让瓢虫接着往下说。

“那张大嘴里，有数不清的话。只要一有机会，它们就叽叽喳喳地吵嚷，争着说自己的故事最有意思。只要大嘴一张开，它们就你争我抢地往外蹦。”

“嗯，用脚趾想想，也知道会这样。”猎人咂了咂嘴。

瓢虫继续说：“你知道，最好笑的是什么吗？大嘴里边的那些话每次说的都不一样。同样一件事情，这次说是这样，下次就成那样。到了后来，都不知道哪句真，哪句假了。”

猎人不自觉握紧了拳头。都怪大嘴里传出的瞎话，他才成了被人人嘲笑的胆小鬼。他恨不得马上就把鸭大嘴抓住。

事实上，猎人根本不是什么胆小鬼。他之所以当猎人，是出于无奈，接手了爸爸的工作。他一点儿都不情愿向动物开枪。这正是他的枪从来都打不准的真正原因。他也不是草包猎人，他的枪法可厉害啦！——刚才他打气球，不就一发命中嘛。

“所以说啊，您肯定能理解我有多想从那张大嘴里逃出来。”瓢虫说着，连连摇头。

“那你是怎么进到大嘴里的啊？”猎人好奇地问道。

瓢虫清了清嗓子，接着讲起了自己的离奇遭遇——

嗯？
砰！
打得好！
像我一样，
当个优秀的猎人吧！
嗯。
但是，
我不想伤害动物……

我跟您说啊。谁能想得到啊？像我这样娇小可爱的小瓢虫，怎么会掉进那张乌漆嘛黑、暗无天日的大嘴里呀？

您听我往下说。

事情就发生在几天前。

我在黄鼠狼背上玩“滑滑梯”。那可是我最喜欢的游戏。您知道黄鼠狼的毛有多滑溜吧？我这硬邦邦、光溜溜的甲壳贴着黄鼠狼

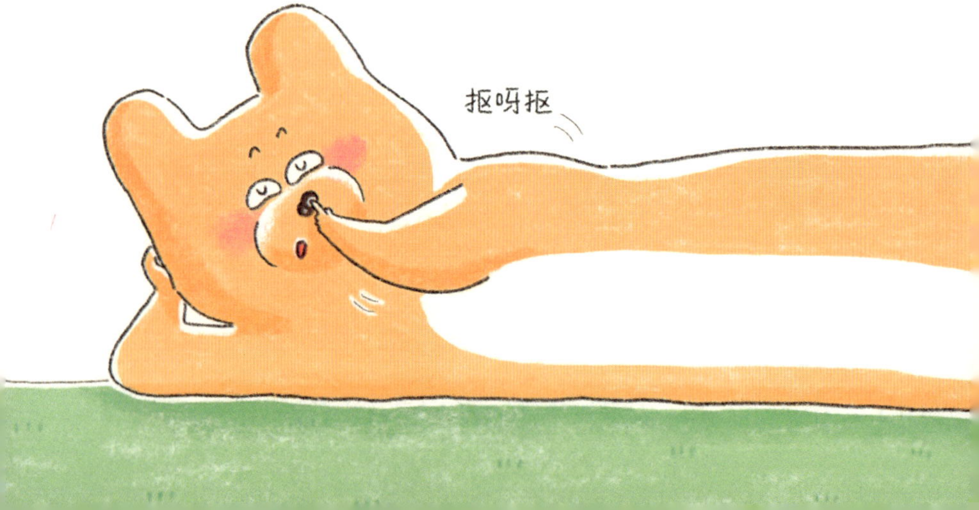

的毛，咻，一下就能滑到尾巴尖，好玩得超乎想象呢！嘻嘻。

正当我兴高采烈地溜完滑梯，坐在黄鼠狼屁股上休息的时候，森林里的朋友们三三两两地聚到一起，满脸严肃地聊起来。

兔子的画被撕烂了。大家都清楚，兔子在那幅画上下了多大的功夫。大家看着那张被撕毁的画，都怀疑是小老鼠干的。

不过，这也能理解。毕竟小老鼠在撕毁的画边呆站了好一会儿，看见兔子就一溜烟地跑掉了。

黄鼠狼用长长的尾巴轻拍兔子的肩膀，安慰着伤心的他。啪！突然，黄鼠狼将尾巴拍到地上，一副忍无可忍的样子。他拍得可用力了。我正在他屁股上休息呢，那一拍直接把我给震飞了。

“啊！怎么啦？”

我感觉像中了一道晴天霹雳，两眼直冒金星。我不知道会飞到哪里去，恍惚中只见身边都是扬起的尘土，接着就一头扎向一个黄不拉几的东西。原来那是鸭大嘴，他正在一旁张大着嘴巴，津津有味地听大伙儿说话呢。就这样，我落进了大嘴里。

如果不是被困在了大嘴巴里，我可得好好跟黄鼠狼理论理论。

你问我：要跟他理论什么？

我要问问他为什么这么做。

他干了什么，我可是看得一清二楚。但他居然还厚着脸皮说谎话。简直太气人了。

哎，猎人叔叔，您的眼睛睁得那么大，是不是也猜到了？

是的，没错。撕烂画的坏蛋就是黄鼠狼。

兔子被大家选出来画宣传画。您都不知道，黄鼠狼私底下有多生气。

在兔子面前，他把兔子夸得天花乱坠的，背地里却大发脾气，不停埋怨：“为什么大家都不选我？兔子的画明明那么差劲！”

所以啊，兔子画好了画，他就偷偷用爪子划破，还让小老鼠来背锅！谁能想到是他干的呢？

哎哟，我都替他害臊。

刺啦
林中村
哼，
兔子这家伙！
嚯！

不是我干的，
真的！
心寒……
嗖！一
……

说完这番话，瓢虫深深低下了头。猎人的表情变得严肃起来。

“那小老鼠怎么样了？”

“我也不知道。”

“他该有多难过啊。”

听了猎人的话，瓢虫的头埋得更低了。

“是啊，我也担心他。但是我不知道自己该做些什么。一开始，我觉得自己能去跟黄鼠狼理论。不过，现在说实话，我有些害怕。要是黄鼠狼硬说不是他干的话……”

“去找朋友们，告诉大家真相，怎么样？”

瓢虫支吾了一会儿，最终艰难地开口说道：“事情都过去了这么久，感觉大家不会相信我说的话……如果他们认为我和小老鼠是一伙的，不跟我玩了怎么办？”

猎人摸着下巴，陷入了沉思。

“原来你在担心这个啊。那就去找小老鼠，听他说说烦恼，怎么样？”

“这样做，就可以安慰到他吗？”

“应该可以吧。”

听完猎人的话，瓢虫点了点头，又仔细想了一想。

过了好一会儿，瓢虫才重新开口。

“我想了想。那些不了解真相就胡说八道的朋友，看来并不怎么靠谱。万一以后我遇到了什么事，也会像现在这样，被当成话柄，到处瞎传吧。”

“我觉得你说的很对。”

“我会鼓足勇气，说出真相的。我打算先去小老鼠那边。叔叔，谢谢您给我支招。”

“我也没做什么。”

“您听我倾诉烦恼了，不是吗？这就足够了，嘿嘿。”瓢虫灿烂地笑着说。

“再见，叔叔。”

瓢虫撑开盔甲般的甲壳，展开翅膀，迎风飞去。

猎人看着瓢虫，露出了微笑。

他喃喃说道：“下次见到小老鼠的话，我会热情地跟他打个招呼的。”

鸭大嘴的“事故”
飘呀
飘呀

对了，我们还有一件事没弄清楚呢。瓢虫是怎么从鸭大嘴口中逃出来的？

还记得鸭大嘴猛地一下咬住气球绳吧？

他说，要乘着气球，去更高的地方，让他说的话能传得更远。

气球悠悠地越飘越高，风越刮越大，鸭大嘴也越来越兴奋。不费力气就能到处飞，他别提有多高兴了。

“可真是捡到天大的便宜啦！”

尽管咬着绳子，说话不方便，鸭大嘴还是喃喃感叹自己太走运了。

正当他乘着气球，飘飘悠悠来到湖水上空的时候，突然——

砰！一声巨响。

猎人的子弹击中了气球。

“啊啊啊！——”

气球爆裂的声音，夹杂着鸭大嘴的惊叫声，响彻天际。

这时他的嘴肯定惊得张得大大的吧？那接下来会发生什么呢？

“嘴巴张开了！”

“哇，运气真好！”

“趁嘴巴没合上，我们赶紧逃出去吧！”

砰！
啊啊啊！
哦哟！
滴答

大嘴里那么多的话都盼星星盼月亮，等着这一天，于是都争先恐后地从大嘴里跑出来。咦，怎么回事？扑通、扑通，它们都落到了水里。

那场面别提有多狼狈了。任谁见了，都会忍不住笑出来。

话掉到水里也没有消停，一直嘟嘟囔囔地说啊说。湖面上，到处都是它们说话吐出的气泡，但是没人能听清它们在说什么。

嘭、嘭、嘭、嘭……气泡裂开了，瞬间就消失得无影无踪。

那鸭大嘴怎样了呢？

还记得鸭妈妈常挂在嘴边的那句话吧？

就算鸭子掉到水里，嘴巴也会漂上来。

气球破裂时，鸭大嘴看到下面是湖水，一点儿都不担心，因为他知道自己不会沉入

儿啊！
哥哥！
哥！我
来救你！
扑通
嘎！
嘭
嘭
嘭

水底。

但是，实际情况和想的不一样。

鸭大嘴一落到水里就扑腾个不停。他拼命挣扎着，让自己别沉到水底。

“嘎，嘎嘎，嘎——”

大嘴叫得太凄惨了，那叫声甚至让人分不清是鸭叫还是猪叫。

听到鸭大嘴的惨叫，家人们飞快赶过来。但是他已经慢慢沉到水下了。

“儿啊！”

“哥！”

“哥哥！”

鸭妈妈和弟弟妹妹急忙潜进水中。鸭小弟一把鼻涕一把泪，哭得喘不上气来。

鸭大嘴这回可遭了大罪了。

回到家后，大嘴重新回到了脑袋上，然

后把自己紧紧闭起来。

从那以后，他再听到别人说什么，总会先问一句：

“你确定，这话是真的吗？”

嗖

作家有“话”说

话语，是有力量的。

一句话，可以用来宽慰气馁消沉的臂膀，也能成为一根戳伤心灵的尖刺。你知道吗？话在人与人之间传递的时候，有时会像泡泡糖，被越吹越大；有时也会像壁虎断掉的尾巴，被断章取义。有些话是无中生有的，还有些话是被不怀好意的人捏造出来。

《话匣子鸭大嘴》正是一则关于“话”的童话，故事围绕“谣言与真相”来展开。

因为无凭无据的话，小老鼠被朋友们孤立，围裙大厨的餐厅关上了门，神枪手猎人也被笑话是打不中枪的草包。虽是些无心的话、玩笑话，却引起了种种误会。

前段时间，我也被无凭无据的话伤了心。虽然没过多久真相就大白于天下，但是伤口久久不能愈合。于是，我也像小老鼠一样，把自己藏进了昏暗的角落。

但是有一天，一个念头突然闪过我的脑海：“错的不是我！”

是的，错在那些四处传播谣言的人，那些捕风捉影、煽风点火的人。相信那些人最终也会像鸭大嘴一样吃大苦头。

所以，当传播谣言的风向你席卷而来，让你感到伤心难过的时候，一定不要自怨自艾，因为错的不是你。

我还想说的是，如果你身边有朋友因为谣言而被孤立的话，请像小瓢虫一样，鼓起勇气，轻轻走到他（她）的身边，问候一声“你还好吗”。这一小小的举动会给对方莫大的安慰。

那些经受住狂风暴雨、重新振作起来的朋友，以及那些在其身边加油打气的朋友，我想对你们大声说：

爱你们哟！

要是话匣子鸭大嘴把这些话传出去，我可一点儿都不怕。因为，这都是我的真心话。

黄善爱